JN208598

句集
箇中箇

奥田杏牛

紅書房

目次

世界が平和な世の中でありますやうに

句集

箇中箇

（こちゅうこ）

ちやつきらこ

平成二十三年

生きてある証の賀状奉る

深大寺墓参、「安良多麻」三百号報告

御墓に三百号の初詣

一月十五日、神奈川県三浦市海南神社初詣　十句

飾り竹浦風なぶる三崎港

焚火守る婆口遊むチャッキラコ

羽織召し婆侍らへりチャッキラコ

リボン結ふ幼な乙女等チャッキラコ

おめでたうさん乙女の礼(いや)やチャッキラコ

四海波やすけくあれとチャッキラコ

チャキチャキと綾竹(あや)を鳴らしてチャッキラコ

チャッキラコチャッキラ鳴らし踊りけり

チャッキラコ綾竹(あや)を落すな鈴が鳴る

横浜・弘明寺

み佛は蒼然とあり梅一分

槻の芽や行基作佛鉈彫りに

観世音御目さやけく黄水仙

三月十一日午後二時四十六分頃、三陸沖大地震発生、書見中

息つめて春昼地震（なゐ）に竦（すく）みゐし

五月十五日、滝山城址を歩く　七句

錐揉みの竹の落葉や大手口

竹の皮不意にばさつと縄手かな

守将師岡山城守奮戦す。永禄十二年（一五六九）十月三日武田勝頼の猛攻に耐ふ

武士（もののふ）や名を遺しける竹の秋

城主北條氏照は笛の名手と伝ふ

薫風や笛幻しの城縄手

楡若葉華厳の笛の空(くう)殺(そ)げり

本丸や宮毘羅(ぐびら)の祠(ほこら)つつじ燃ゆ

慈悲心鳥城の縄手をくだりけり

五月二十六日、館林茂林寺　二句

道端の黄アヤメ咲けり館林

制中口宣高き鴨居の夏安居

足利学校にて

杏壇に椎匂ひけり孔子像

衆寮の昼行燈や椎匂ふ

藪蚊責む庠（しやう）主（しゆ）のお墓十七基

ピスタシア梅雨の青葉のうつつかな

註・ピスタシアはハゼの木

鏤阿寺の反橋渡り梅雨暮れぬ

六月十五日、奥多摩町輪光院へ。宝暦十三年（一七六三）箱訴事件犠牲者の墓　三句

十薬や宝暦と彫（こく）す義民墓

輪光院無住なりけり谷青葉

山女魚釣る男見てゐる男にて

泥鰌食つて鬼灯市の人の中

七月十四日、出羽へ

酢の色に黄昏てゆく梅雨部落

海女の家（や）の低き庇や梅干せり

鬼百合や鼠ヶ関越ゆ出羽の国

象潟や青田の中のあがり丘

山毛欅（ぶな）巨木あがりこ大王樹下涼し

出壺（でつぼ）とや湧玉躍る泉川

七月十四日夜、山形遊佐吹浦、大物忌神社火合せ神事

お火合せいよよ月の出始まれり

月(つき)読(よみ)命(の)今宵燿(かがひ)歌の夏の月

お火合せ酒酔ひ星も火照り出づ

鳥海山今宵は明かし星の恋
お火合せ満月山の秀（ほ）に昇る
朝焼けて有明の月山の端に

八月十三日、高野山ローソク祭　四句

紀の川の照り眩しかり盂蘭盆会

坊庇切子の尾領巾ゆさゆさと

老杉を抜け出す月や万灯会

万灯会一つ灯亡妻（つま）の回向とす

天野の隠れ里、西行妻子の墓とぞ

西行の妻子（つまこ）の墓や葎生ふ

送りまぜ人とどまらず峠越ゆ

奈良菊水楼に泊　二句

初鮎の蓼酢もすがし饗さるる

板長の心ばせも

キササゲの葉や七夕の恋一句

かんなぎの髪を飾れる万灯会

兵庫県小野市、浄土寺にて

百日紅夕染む小野の阿弥陀さま

重陽やみ佛染める西日光

西日光満堂浄土匂ひ沸（た）つ

姫路市、円教寺

亡妻（つま）と来し折りも桟敷の百日紅

性空上人月命日なれば

僧に蹤き如来に回向菊供養

曾て、耕衣の「琴座」にあり

耕衣亡し伊南野の秋炎ゆるなり

河村万里子氏より贈らる

空ラ瓠充たす魚沼コシヒカリ

十月十日、武蔵国分寺未年（ひつじどし）一度のご開帳　五句

護摩供養十月十日十地の日

註・十地とは菩薩が如来になられた日

ご開帳堂一（ひと）隅（すみ）の昼の虫

声明の声澄む十地薬師堂

立上る護摩火浄めの十地の日

護摩火映ゆ十二神将秋称ふ

十一月二十一日は、波郷孝作両師の忌日なり

黄菊白菊両師の忌日修しけり

男とて料理の本を買ふ秋ぞ

十二月三十一日より小豆島へ

行く年の浮燈台の孤独かな

行く年の讃岐玉藻や妻あらば

海霧（じり）の駅

平成二十四年

小豆島、苗羽小学校田浦分校

分校跡十二の机初日燦

黒板に桃・栗三年お正月

西光寺より

向かひ山放哉の墓所浦の春

放哉にシゲ婆さんや松飾

一月二十五日、上野五条天神・うそ替神事

うそ替へや上野の森の天神社

うそ替へや今年あまうそ授かれり

うそ替へて天神の空日本晴

三月二日、青森下北へ

雪しまく軋む揚げ船大間崎

ヒバ山へ猿（ましら）馳込む暮雪かな

雪に裂く生(しやう)の絶叫ヒバの闇

雪林の闇しんしんと薬研の湯

少年の恵比寿舞摺り福来たれ

吹雪く夜さマグロ漁師の口説節

こぎん刺す女愛(いと)しや榾明り

村鴉啼けり雪降るヒバの里

金木町、太宰治記念館「斜陽館」にて　三句

小間に吊る太宰の遺品黒マント

吹雪来る叔母ッ子太宰生家かな

雪暮れて遺影太宰の深眼差

走れメロス・ストーブ列車雪霏霏と

京都・勝持寺西行出家の寺、四月七日

情念の果ての西行櫻かな

奈良宇陀、又兵衛櫻

後の世に遺す櫻のかなしかり

えご咲くや逢へば消息誰彼と

五月二十一日朝七時三十三分金環蝕　四句

金環蝕五月の太陽月を呑む

赤く繊く五月の太陽金環す

柚子の花庭の木下の蝕の影

蝕終る街の巷のみどりかな

六月三日、青森三内丸山遺跡にて

郭公や三内丸山木霊せり

タンポポや海に拓けるユートピア

火起こしの切り火の卯木花赤し

草いきれ土壙の址は窪みをり

縄文遺跡小牧野へ　三句

小牧野のブナの赤芽やほぐれそむ

ストーンサークル胡桃花房散乱す

五千年胡桃の花や神送り

浪岡城跡　五句

タンポポの彷徨す城跡かな

相剋の居館の址や草いきれ

本丸へ木橋架かれるアヤメ草

夏草や古井戸遺す曲輪跡

麦笛は誰（た）が吹く青き城址かな

弘前、撫子牛神社鳥居は

額（がく）束（づか）に膝突く鬼や緑さす

ミヅを売る庄屋造りの道の駅

六月五日、函館へ　二句

涼一瞬竜飛海底トンネルへ

遅春かな渡島（おしま）のさくら咲いてをり

寝込みては看取りなきわれ合歓の花

秋立つと猪口や徳利（とくり）を並べゐて

炎昼と言へど生くため日買ひ物

高倉健同年となん秋猛けし

わが入る墓丹念に墓掃除

九月二十七日、浅虫温泉南部屋泊　二句

朝寒や目覚めて昏き陸奥の海

浅虫川きらつと魚影秋霖雨

ローカル線納豆食つたか君達は

秋寒や車中の男子女子は女子

野辺地駅学生降りて車中寒む

海霧（じり）の駅本八戸（ほんはちのへ）に一人下車

八戸市、是川縄文館にて　二句

石笛を鳴らし栃の実物語

会ひに来し合掌土偶秋さ中

十月一日、十七号台風過

家やこの身台風一過無事に過ぐ

十月四日、別所温泉へ　三句

コスモスや山の小径を常楽寺

穴まどひ草ひゆるひゆると啾(なき)にけり

赤トンボどこに止まろか六地蔵

十月十七日、松田郷人画伯より賜ふ

母上の丹精されし新米賜(た)も

十月二十九日

検査結果大腸憩室症と望の月

民生委員村上さんは

猫の散歩して来しと言ひリンゴ賜(た)も

冬立つや亡(つ)妻(ま)が遺せし古布巾

かそかなる菊くづれけり無告かな

十一月二十一日

石蕗の花今朝さへさへと両師の忌

十二月三十一日、青森下北半島にて

小雪舞ふ海峡暗き尻屋岬

岩礁（いくり）の鵜黒十字切り冬没日（いりひ）

風笛や無人燈台冬ざるる

虎落笛ひとふし寄切り誰ぞ死すや

耳を殺ぐ北風(ならひ)の岬の放馬かな

寒立馬葦毛鹿毛に月毛ゐて

佐井長福寺、寛文七年(一六六七)円空作十一面観音立像に拝す　二句

佐井時雨円空さんの長福寺

佐井時雨まなじりやさし佛かな

冬麗や向かひ函館海市めく

渡り鳥渡りきつたか佐井岬

渡り鳥渡り切つては散り散りに

カマキリの末期や落葉かぶせやる

石蕗の花

平成二十五年

正月やなんの用意のなき気儘

寒の水一瞬洗面たぢろげり

娘(こ)の入院突如の知らせ凍りけり

娘よ

父よりも先死ぬ勿(なか)れ聞きて冱つ

小年越(ことしご)えてふ十四日雪こんこん

妻逝きて七年(ななとせ)寒さかこつ老い

降る雪や病む娘(こ)思へばはるかなる

三月十一日、上ノ山春雨庵　三句

沢庵坂雪踏めば雪きしきしと

縁側に沢庵漬の甕と箸

頂相に謁す錠なき雪の庵

作家外村繁の妻金子テイは、ここ上野の人なり

雪の蔵王茂吉もテイもここ古郷

白樫や金瓶学校雪被く

たびら雪茂吉の墓をなぞりけり

星のゐる夜ぞらのもとに赤赤とははそはの母は燃えゆきにけり　茂吉『赤光』

たらちねの母や茶毘（だび）せし雪解川

河原鶸キリリと鳴けり川滾る

白雪蔵王蒼穹横切る飛行機雲

二月二十三日夜、下村湖人旧居焼失、惜しむべし

空林荘(くうりんそう)火事場の址のツボスミレ

四月八日、亀岡城跡に満林俊宏老師と名櫻を見る

花明けやコノハナザクラと巫(かんなぎ)と

一期なるコノハナザクラ向ひ佇(た)つ

心学の祖石田梅岩先生旧蹟西掛にて

山芽吹く梅岩(ばいがん)先生(せんせい)誕生地

街角のカフェ・テラスやイースター

五月五日、東京国立博物館「大神社展」にて

唐衣(からごろも)王朝の世もクールビズ

上野 寛永寺

弾痕は歴史の証(あかし)槻若葉

祭来る根岸の町へ下りけり

下町の臭ひ懐かし五月かな

五月二十九日、寒河江慈恩寺にて　二句

ギシギシや慈恩寺さまの急な坂

桐の花石垣高き坊の村

ぼんやりと空を見てゐし飛燕かな

六月二十一日、伊丹 柿衞文庫

富貴長の暖簾くぐれば梅雨行灯(あんどん)

酒の香の少し残れる梅雨の土間

伊丹　有岡城址

羅生門葛（かづら）の花や城の跡

娘（こ）の手術無事の電話や新生姜

今も生々しく耳にのこる

峰越しの炸裂音や広島忌

櫻隊女優仲みどり享年三十六歳、被爆カルテ発見と

櫻隊女優みどりや広島忌

九月十四日、函南ほとけの里美術館へ　二句

函南の晩稲は豊に佛棲む

裏山にかなかなかな鳴けり薬師堂

九月十九日

月下美人月光歓喜の花開く

十月五日、奥静岡梅ヶ島温泉へ　四句

小豆干す山家の庭の荒筵

雨乞ひの庄右衛門とや秋の出湯

浅間神社

赤鳥居安倍の市道秋さ中

秋寂（せき）と雪斎眠る臨済寺

十月十九日、埼玉嵐山町杉山城址を歩く　三句

草の穂や城の虎口の屏風折れ

木の実打つ弾丸（たま）霙（あられ）なす城縄手

馬出しの篁青し百舌（もず）の声

十一月八日、熊本泰勝寺跡、細川家御廟　三句

短日や四つの御廟へ寄り道す

柞散るガラシャのお墓おほどかに

篁に小鳥騒げる武蔵の墓

島原へ

冬の蝶パーテルさんを探さんばい

冬夕焼ナウアロ神父火刑の地

原城址にて　五句

冬の夕白いクルスや原城址

人影のなき本丸や冬暮るる

石蕗の花臆せず咲けやこの平和

白菊を供ふ四郎の墓の辺に

石蕗咲いて「哀しみの聖母(マーテル・ドロロサ)」風奏す

冬暮れの千々石（ちぢわ）の町を通りけり

アララギの実や散乱す平戸城

差潮や口女（くちめ）遡り来オランダ橋

鯇（あら）汁や平戸の冬の旬の幸（さち）

小春日やガスドースなどつとせり

名護屋城址　三句

城垣の破却は故意か落葉する

だだ広(びろ)し天主台址冬暮れて

短日や呼子・波戸岬冬の靄

十一月十日、吉野ヶ里遺跡　五句

環濠の逆茂木こぞり時雨けり

折れた剣何告げるらん枯れ芒

祭殿や卑弥呼は留守か夕時雨

鬼道もて衆を惑はす時雨かな

俀国（たいこく）はいづこぞ時雨面（つら）打てる

十二月十一日、右上奥歯四本一度に抜く　二句

歯を抜いて蹌踉と出づ冬の暮

抜歯四本日記にも誌す檀の実

口上無言（こうじやうむご）

平成二十六年

ゆく年を旅に出でけり独人者

車窓景

田の畔(くろ)に見し新雪や不破の関

宇佐八幡宮年越詣　四句

焼鳥の屋台並べて煙揚ぐ

初みくじ大吉と出づご神託

生きて在る身のかしこしやお年越

寄藻川鴛鴦（をし）の遊べる夕まぐれ

別府にて

鶴見岳雪を被(かづ)きて年越さん

湯の町や稲荷に灯る初燈

大分オアシスタワーホテル泊

十六階ホテルのベッド初日さす

国東・胎蔵寺、熊野磨崖佛　五句

初護摩焚き院主浄めて賜ひけり

初護摩の香や登り来る鬼の段(きだ)

磨崖佛頰に初日を仄(ほの)と染め

あらたまや不動の眼（まなこ）朝日射（い）つ

大日如来（だいにち）の眼差やさし初明り

真木大堂門前案山子（かがし）日向ぼこ

懐かしや山門を守る初仁王

元日の富貴の大榧仰ぎけり

富貴寺の梅ちらほらと初日和

菜の花や田染(たしぶ)の庄のあたたかし

別府より熊本へ

大野川沿ひ登りゆく初列車

峠越ゆ去歳の雪や外輪山

カルデラや阿蘇の正月暮れかかる

スイッチバック雪の五岳を真横に

大雪晴列車待つ間の立野駅

「隋書」誌す火の山阿蘇や大雪晴

熊本ニューオオタニ泊

コンシェルジュ春着乙女のお出迎へ

藤崎神社初詣

御幣振る巫（かんなぎ）四人初祓

熊本城へ

坪井川城の長塀初景色

矢（や）狭（ざ）間（ま）○（まる）△（さんかく）□（しかく）城の春

天靡く阿蘇噴煙や今日の春

宇土櫓黒と白との淑気かな

武者溜り凍つ暗がりの霊気たつ

石落し覗く結初乙女かな

筑紫野や「つばめ」初乗りいざ去(ゐ)なん

頸椎変形症、肩腕指神経痛激痛走る

新歳やいよいよ老いの手の痺れ

寒の水澄むまで米を研ぎにけり

蒲団干し老臭のこりなく叩く

雪の日や吾山の一書机（き）の上に

「花と見し雪は昨日のもとの水」越谷吾山　辞世の句

猪口皿の蕎麦味噌舐めつ雪見酒

破れ屋に鰥夫（やもを）の暮らし雪二日

淋しさに氷柱落しの戯（たは）けかな

三月四日、今年も山口忠芳氏より贈らる

君からの釘煮は春を告げてけり

西へ航く飛機見上げゐつ春恋へり

梅壺を覗き貧窮問答歌

三月十八日、誕生日迎へ

木瓜咲けり日々生き継ぎて八十三

展墓

桶提げて樒の花の墓の道

綿虫を目で追ふのみの齢(よはひ)かな

抜歯いよいよ歯脱け爺さんとなる

笑気ガス吸ひて歯脱けの花見かな

四月十五日、利尻・礼文へ

浜通り機窓眩しみ春の航

稚内空港にて

引鶴や空港三羽横切れる

横殴り靄の宗谷岬かな

霰跳ね間宮林蔵像斜(かし)ぐ

海猫(ごめ)喚き狂ふ三角錐碑霰打つ

大沼の白鳥啼けば吾も泣けり

フェリー船窓にて

波涛裂き空突くリ・シリ雪解晴

一島一郡一町蕗の薹

この夜、月出帯蝕と後で知れり

春満月金波光芒帯（おび）なせり

北端の島、日の出五時と早し

海坂や朱を滴らし春日の出

晩春や一夜仮寝のシノリガモ

山の襞融雪滝の幾筋も

島鎧ふ風雪柵や船泊り

道端にタラバの殻や捨て番屋

創成のマグマの磐（いは）やオジロ舞ふ

スコトン岬にて

鯟空サハリンは見ず風岬

オタトマリの沼

結氷湖縹渺とあり利尻富士

一茎(ひとくき)づつ昆布吊(つる)せる北風(きた)の漁婦

ゆふづつの永久(とは)のポラリス凍て震へ

鱈汁をふうふう食(た)べ島去(さ)れる

五月二十七日、咳ひどくレントゲン検査受く

えご咲くや左胸部に異常あり

五月二十八日、C・T検査、胸腺腫と診断

草いきれ強し幾許生ありや

ほしいまま旅して来たり白浴衣

にはたづみ皃映し見て梅雨冥し

七月四日、武蔵野赤十字病院呼吸器外科にて、縦隔腫瘍と診断手術決まる

たはやすく手術と決まり竹煮草

梅雨の日々今日は今日なり雨の音

冷し酒酔へばそのまま眠らんか

徒長枝を截(た)つ植木屋の涼しさよ

花甘草一句が命かるからず

七月二十一日、海の日

わだつみの日や派出所に国旗立つ

「花子とアン」朝より暑し梅雨明けぬ

七月二十七日、父の忌に父の日記発見す

父の忌や一縷の日記露零つ

口上無言今朝団十郎咲きたれば

濃竜胆一句一念徹さねば

籠枕妻逝きてこの八年

何もかも手付かぬ日々や竹煮草

八月十三日、放射性同位元素検査　五句

核検査赤き花赤し百日紅

ＭＲＩ全身照写猛暑の日

冷房裡一（いつ）時（とき）息詰め核検査

霊安室隣り合はせの涼しけれ

検査終(を)ふ蟬の燃え立つ日影なし

敗戦忌あの日あの空斯く今日も

濃竜胆不易流行神妙に

ガガイモの花盛んなり上水路

八月二十日、朝腰痛の為起き上れず、桜町病院へ

腰痛出づ浴衣男と診察待つ

八月三十一日は

母の忌や妣(はは)亡(っ)妻(ま)恋ひし吾亦紅

身も心もあなたまかせや小昼顔

九月八日、武蔵野赤十字病院にて手術　五句

白露の日腫瘍切除肋(あばら)裂く

十五夜や観察室に覚醒す

昏睡に醒めて十五夜かざす右手(めて)

血の気(け)無き手の甲真つ黒秋灯下

パソコン台抱へナースの秋夜変

九月十三日、担当医退院の日を告ぐ

ドレーン抜く退院の日や今朝の秋

六日居て自宅療養とや秋暑し

アトリウム日覆ひゴーヤに風立てり

九月十七日

傷跡や恐る恐るのシャワー浴ぶ

腫腸サンプルとして

魁偉なる腫ホルマリン漬医師は秋

俳誌「安良多麻」通巻二十九巻、三百四十二号以て閉づ　二句

曼珠沙華詮なし一誌閉ざすなり

口上無言無念のこころ小昼顔

九月二十三日、展墓　二句

予後の身や休みやすみの墓参り

夏木蔭息継ぎ来たり墓参り

十月九日「安良多麻」最終号一字ミス遺す

最終号誤字一字あり十三夜

十月八日、深大寺墓参

小鳥来て師の御墓へ低頭す

次郎柿清瀬遥けくなりしかな

おでん種買ひて独りの小鍋立て

尉鶲老いのたづきの火の用心

十一月五日、旧友古内一吐（十月七日）逝くと

一通の訃報栗駒時雨かな

キリストにユダあり冬日あらけなし

十一月二十一日、波郷、孝作両師の忌日なれば

今日咲ける石蕗の二輪や両師の忌

文台を下ろせばただの冬帽子

手ずれける表紙傷みの『惜命』忌

西条柿遥けくなりし父母の里

物忘れ笑止の所為や咳払ひ

リハビリは日課の生活冬立てり

三島忌の無告の電話切りにけり

小春日や診察待ちの呼吸器外科

十二月十一日、山口忠芳氏より贈らる

初暦老い颯々と生きんかな

未歳なれば床に池田遙邨の「牧羊図」を懸く

おらが春黄仙人の羊懸く

着ぶくれて予後の癒しの湯治行

大晦日、秋田仙北、玉川温泉へ、迎春。作品は次篇に纏む

一箇半箇

平成二十七年

一月二十一日雨後雪

健気なり雪中梅の花一輪

一月二十七日晴・東京国立博物館「みちのくの佛像」展

みちのくのひなぶる佛四温の日

一月三十日朝より雪夕方止む、夜八時三十分頃地震あり　二句

傷疼く武蔵野の雪しんしんと

読書倦みけだるし雪を見てゐたり

風邪に臥し来し方行方思ふなり

二月十四日晴、文伸印刷飯山女史より

バレぼつちやさしき君の一葉かな

三月六日、山口県大島沖に艦底いまだ残れりと

啓蟄や爆沈陸奥を発見と

啓蟄や新(あら)土(つち)匂ふ土竜塚

庭(には)前(さき)に蹲踞の蟇のご挨拶

誰彼と逝く日月や花に雨

入歯かなし食味うしなひ老いの春

坐睡とや老耄兆す夏始め

五月十日快晴

母の日や真赤なカーネーション供ふ

五月十三日快晴、『素の俳句・生きの俳句』上梓

朴咲けり師の恩愛をこの一書

えご咲くや生きとし生くるこの老いも

わが俳句一箇半箇か麦の秋

五月二十二日晴天、午前十一時過ぎ上空太陽の日暈現象初見　二句

日暈なす七色虹は空華かな

街(まち)人(びと)や日暈現象虹を見ず

五月二十九日梅雨めく。房総風土記の丘・竜角寺並びに芝山古墳群を歩く

小楢若葉寺への径の供養塚

春蟬や精霊の唄遥かなる

木の間より香取の海や梅雨晴るる

タンポポの黄花に埋まる大王墓

茅花の穂そろつて靡く古墳丘

夏草や形象埴輪送葬す

六月二日雨、佐賀鹿島の銘酒「幸姫」間島由美子氏より賜ふ

梅雨入雨笑酒独酌惜しきかな

六月三日、志摩知子氏より句集贈らる

『百字の反古』一書功（いさを）し花宰相

わが朝餉レタスに蕃茄（トマト）・パン・バター

梅雨晴や一人世帯も家事煩多

空蟬の殻を掌(て)にのせ空蒼し

七月十四日、日本時間午後八時四十九分、無人探査機テレビ同時放映す

冥王星真夏の夜のテレビかな

七月二十七日晴、父の忌にて

父の忌や大川にハゼ釣りし事

八月八日快晴

あぢけなし秋立つ今日の米炊(かし)ぐ

猛暑日や懸命に生くことのみぞ

暑き日や澱河歌蕪村読み返す

暑きかな佛の花も三日にて

冷房を根城としたる男にて

三径の十歩もあらず白雨来

成るやうに成るしかなしと玉簾

お隣月岡夫人より

夕顔や晩菜を謝す門扉越し

十月十五日晴、サントリー美術館「久隅守景展」を観る

夕顔や男はててれ女(め)はゆもじ

残日や気儘に生きむ秋黴雨

石(いし)塊(くれ)にすいつと止まる赤トンボ

山口忠芳氏より

ほんのりと生姜風味の釘煮賜ふ

閏の闇五位鷺啼き渡る旅寝かな

瘢痕部医師撫でて秋深し

十月二十日晴、美作を旅す　二十三句

三十三（みそさざい）電線撓（たわ）に吉備の空

むかしむかし吉備の穴海刈田空

湯郷温泉ポピースプリング泊

鵙啼くや真昼の湯槽掛流し

小鳥来て唄ってくれし想婦恋

二十一日晴、美咲町大垪和（おほへいわ）西棚田へ

駐在所がらんと裏手柿たわわ

大垪和の棚田の閑や直哉の忌

まほろばや棚田八百刈り終んぬ

大丼和まほろば掛けて鶸渡る

白銀の芒となりて空田寂ぶ

湯原温泉「八景」泊

冷えびえと谿の夕暮れ紅葉宿

はれなれや砂湯の人の夕紅葉

夕紅葉砂湯やちらと白き影

紅葉宿小振りな女将妣に似て

一匹のアマゴ串焼紅葉宿

この湯原に奥田の地名残れり

祖先（おや）の地と父より聞かず紅葉谷

二十二日宿を発つ折りしも谷時雨走る

宿傘の柿渋匂ふ時雨かな

川時雨一(いっ)時(とき)騒ぎ名残惜し

十月やハンザキの棲む川冥(くら)し

勝山町は町並み百選の地なれば　五句

町並みは初冬の兆し火の見台

戦時中一時、作家谷崎潤一郎疎開の地なれば

われも又瘋癲老人枯れ芒

十月の知るべなき町歩きけり

赤のまま終の眺めの舟着場

さすらひの十月の川流れゆく

十一月十九日晴「吉野たなか」の柿の葉ずし、山口忠芳氏より

一折の柿の葉ずしや賜ふなり

十二月九日快晴

窓際の猫座はぬくし漱石忌

あれかこれかかわれに運命（さだめ）の冬の空

蕪ずし看取りなきまま死ぬわれか

珊瑚珠（だま）抱へ万年青（おもと）や年越さむ

かの日かの時

平成二十八年

新玉川温泉行　六十句

みちのくへ旅立つスノーシューズかな

駅舎の上(へ)下弦の月の霜夜暁く

雪浮々(ふふ)と浮々(ふふ)と車窓や一ノ関

大晦日雫石川滾ちをり

盛岡駅雪の岩手（いはて）山を弓手（ゆんで）にす

雪踏めば雪きちきちと声揚げぬ

寂(せき)として一寒村や雪の底

雪帽子伊達にかぶりし村の墓

雪止まず坤霊無言廃村碑

地形図に消えし村の名雪の湖

雪の湖先祖(おや)の地捨てし者今や

廃村へつづく廃道雪塞ぐ

雪止まず湖底の村の山河かな

雪林へ遺す獣（けもの）の足の跡

降る雪や意志のあるごと飛び付きぬ

雪山や湖面は冥(くら)し油墨

みさみさと降りこむ雪の湖啾(な)くも

雪かづく流木泛び鳰も見ず

雪婉といふべし湖のすさびかな

雪の廻廊二つのダム湖黄昏(こうこん)す

道の辺や一戸廃屋雪拉(ひし)ぐ

新玉川温泉は曾て鹿の湯と聞けり

鹿の湯や身丈を越ゆる雪の宿

訪ふ宿の標木（しめぎ）の山毛欅や雪まぶれ

雪達磨剥げバケツの帽子かな

雪達磨炭の黒唇（こくしん）一文字

窓灯火（あかり）雪庇にじませ湯治宿

樏（かんじき）を長押（なげし）に掛けし湯治宿

夕暮れて牡丹雪とはなりにけり

寝ねがての雪ほとほとと耳に憑く

歳旦へ常備薬呑み眠りけり

元朝や六方晶形窓の華

初明り湯殿へ下りる長廊下

浴灯の金柑色や初湯殿

浴灯の火影の浮かぶ初湯かな

初湯はや湯槽（ゆぶね）に泛ぶ皃（かほ）一つ

温湯（ぬるゆ）熱湯（あつゆ）さらに箱湯や初打たせ

初鏡手術後の胸撫す我は

湯上りのかまくら覗く宿の下駄

初新聞ドアのノッブに袋掛け

先付けや海鞘（ほや）の一箸年酒酌む

バイキングされど草石蚕（ちょろぎ）も黒豆も

日を攫ふ山毛欅の吹雪ける二日かな

画家近藤浩一路遺句集『柿腸』図書室に備へり
寂として唯元朝の天地かな　浩一路

『柿腸』の読み初め孤影閲するを

天平勝宝二年正月二日越前守大伴家持の歌（万十八・四一三六）に
あしひきの山の木ぬれの保与とりてかざしつらくは千年ほくとぞ

山毛欅木ぬれまろらな保与の雪まろげ

雪折れや背筋を走る山毛欅絶叫

混沌たり無尽の雪の雪舞ふも

重く軽く時に泛べるたびら雪

雪女ワゴンを押して来りけり

雪女部屋の掃除に来しと言ふ

英泉の雪華美人も婀娜(あだ)なるを

雪女小野の小町の末裔と

雪女笑ひ転げて泪せり

帰るさの三日の山毛欅や雪晴らす

雫(しづく)石(いし)車窓に雪の駒ヶ岳

神々し雪を被ける秋田駒（こま）ヶ岳

車屋の初（はつ）商（あきなひ）やわんこ蕎麦

わんこ蕎麦斜（は）す真向ひの初妙見

紺屋町古き家並の松の内

車窓にて

三日富士西燃ゆる方逸るなり

帰り来て初灯明の仄明り

一月八日は妻の忌日なり

妻逝きし日や寒夕焼け西燃えて

東京にドカ雪降りぬ老いの嘆

妻逝きて十年は過ぐ針供養

『微茫集』瓜人を読めり風邪籠

建国日古代日本史謎多し

紅梅やミトコンドリア赤は赤

二月二十九日は、亡妻の母の忌なれば

二月逝く義母（はは）の忌哀し閏年

匠気など疾うに失せたり蕗の薹

三月一日

蕗の薹マイナンバーカード市より受く

三月十七日、快晴

一坪の墓地の天地や土筆生ふ

三月十八日、河村万里子氏より誕生日を祝つて

板若布古郷を恋ふる香味賜も

蹌踉と汝がうつつなる花見かな

息子へ

言ひ遺す祖先（おや）の名絶つな君子蘭

四月十日、八王子林業試験場「桜の園」見学　六句

十（と）十（と）里（り）谷深し吹き上ぐ花吹雪

永禄十二年（一五六九）武田軍と北條軍の古戦場となん

永禄の戦（いくさ）の址や散る櫻

もののふの血戯ぞかなし花吹雪

一陣の風や花びら怒濤なす

櫻花散りぎはの花色にでて

さくらばな花は花なり命なり

わが庭の

えびね蘭咲けり思はず亡妻（つま）呼べり

ゆく春や独り菜刀研ぎをれば

白牡丹無礙の華厳と咲きゐたり

遥けしやカラスノエンドウ道端に

里山の土鳩は啼けり半夏生

弘川寺西行塚へ、山口忠芳氏と訪へり　三句

藪茗荷華厳の花や塚の径

西行塚木下小暗き藪茗荷

藪茗荷黒き真珠の実や艶に

朝顔の団十郎や今朝五つ

薑（はしばみ）や味噌を小皿に酒一壺

さびしさは父子（おやこ）の宿世心太

ハエトリの跳躍驚異目くらかす

この頃の公務員を嘆く

やつちや場のベンゼンの怪蚯蚓涕く

六十年余この地に棲んで

武蔵野の尾花や月を恋ふるまま

献花菊かぎろひてをり広島忌

八月二十二日台風九号関東に近づく最中、秋田新玉川温泉へ

かかる日に旅立つ運命(さだめ)台風下

台風裡湯治と言ふも命懸け

東京駅は

台風や駅喧噪のコンコース

十時二十分発、秋田新幹線こまち十三号にて

台風裡雲(うん)車(しゃ)の如き車窓かな

新幹線車軸を洗ふ台風裡

台風や水中変の車窓景

台風や那須も八溝(やみぞ)も見ゆるなし

台風圏抜けしか白河駅通過

北上駅通過、花鳥谷光林寺は一遍上人祖父河野通信の流刑の地
明日一遍忌なれば

北上(きたかみ)の青空覗く一遍忌

白驟雨生保内川(おぼないがは)は巌嚙めり

冷房車徐行仙岩トンネル過ぐ

羽後の国田沢の朴の実は稚（わか）し

山里に廃屋のこり蕎麦の花

田沢は直木賞作家千葉治平さんの生地なり

田沢湖や千葉さん旧居蕎麦の花

貸ボート浜の揚舟避暑期過ぐ

登山口リス跳び出して急停車

着替へたる浴衣姿の湯治われ

白鶺鴒窓辺尋ね来一人部屋

八月二十四日、玉川温泉へ

日傘負ひ殺生沢に一人佇つ

大噴や熱泉躍る灼け地獄

杙（くひ）三本北投石碑岩根灼く

岩盤浴日傘をかざし茣蓙に臥す

あらたふと薬師神社の風涼み

焼山へオケラが花が道しるべ

西日濃し山毛欅（ぶな）の木下の風新た

タムシバのひよんな実青し耕衣の忌

いつ死ぬと知らず旅する秋津かな

ノリウツギ叟年堪ゆること久し

足許のセンブリの花わも老いぬ

茂みより熊の御出座し今朝下山

おもはずや叟年問へば秋風立つ

九月三十日、高崎市綿貫観音山古墳見学

双丘や秋の野芝も黄ばみゐて

誰れ人の古墳と知れず唖の虫

玄室を出づ目潰しや秋の空

野紺菊墓は上毛野（かみつけの）稚子（わかこ）かも

色なき風舞ひ揚ぐ蝶は黄なりけり

藤岡市七輿山古墳、羊太夫の伝あり

抽んでて稗の穂垂るる多胡の里

ゆれてをり小枝に今し小鳥ゐし

十一月九日、茨城県石岡舟塚山古墳を歩く

妹の在る刈田のあなた筑波山

深(ふか)畝(うね)の葱真青しや国衙の地

都(つ)久(く)志(し)利(と)根(ね)葬る塚とや芋畑

行方市、三昧塚古墳へ

銀砂子浪逆（なさか）の海の冬日燦

水戸市、愛宕山古墳

那河国造（こくぞう）祀る古墳や木の実降る

曝井（さらしゐ）の木暮れは寒し日暮れけり

帰途、高速道路小美玉石岡JC近く走行中車窓景

恍惚と筑波相擁す冬茜

冬夕映えめぐしもな見し筑波山

十一月二十一日

次郎柿供ふ両師の忌なりけり

折柴忌いのち余(あま)さず生きんとや

柿好きの師と黙契の波郷の忌

恃むなる息子文なし年の暮

十一月二十四日、五十四年ぶりの初雪とや

初雪や出羽の湯沢の福小町

銘酒「福小町」は、山形湯沢の銘酒なり

むさしのや雪積む夜の福小町

綿虫や亡妻(つま)の影向をおふごとし

存問や老いてうつつな年の暮

雪しんしん小面（こおもて）の面凄みけり

青郵忌ペンキ注意とわが門扉

十二月二十一日、小沼丹著『山鳩』「柚子の花」思ひ出しつ

柚子摘果小沼丹さん思ひ出す

冬至柚子百余り摘みて空真青

冬至晴山鳩訪ひ来庭の閑

十二月二十二日、雨

青畝忌や秘蔵す色紙牡丹の句

十二月二十三日、糸魚川市大火、東京曇

糸魚川大火のテレビあな寒し

カレンダー掛替へなどし年用意

コゲラ来て庭の木打診年送る

十二月三十一日、快晴

暮れかかる庭の根方の掃納め

あとがき

「一即一切　一切真実」俳句は斯くモットーと今日まで「即是」として、師石田波郷の「打坐即刻」を一途に宗とした。師亡き後、瀧井孝作先生の知遇を頂き、正に「初心」大事と「物心一如」に徹し。曳年、掛け替へなき妻を亡くし、寡居十一年。

要知箇中意　　箇中の意を知らんと要め知るも
元来只這是　　元来只だ這れ是れのみ

と嘆じ、良寛和尚の詩に意を得て、句集名に「箇中箇」と命名。

この度も紅書房菊池洋子氏に一切をお願いした。曾て上村占魚師のご縁、銘すべき次第である。

平成二十九年三月十日

杏牛　識

著書一覧

第一句集　初心　鶴叢書第百拾篇
序文　瀧井孝作・石塚友二　一九七七（昭和五十二）年八月一日　㈱神無書房刊

第二句文集　応皷
亡き恩師瀧井孝作先生に捧ぐ　一九八五（昭和六十）年十一月十五日　㈱神無書房刊

第三句集　安良多麻
一九九五（平成七）年八月一日　㈱神無書房刊

第四句集　暦々
装幀　村上善男　一九九七（平成九）年十一月二十日　紅書房刊

第五句集　釋迦南漸
二〇〇一（平成十三）年十一月二十八日　紅書房刊

自解一〇〇句選　奥田杏牛集　一ノ六
二〇〇二（平成十四）年八月二十八日　㈱牡羊社刊

第六句集　等身
二〇〇四（平成十六）年十二月十一日　紅書房刊

奥田道子遺句集　さくら　杏牛編

二〇〇七（平成十九）年三月十八日　㈱文伸刊

安良多麻叢書　第一輯　杏牛編

二〇〇七（平成十九）年九月十八日　㈱文伸刊

第七句集　釋迦東漸

二〇一〇（平成二十二）年五月十三日　紅書房刊

安良多麻撰集　第二輯　杏牛編

二〇一一（平成二十三）年九月一日　㈱文伸刊

第八句集　何有

二〇一二（平成二十四）年九月十八日　紅書房刊

句文集　素（そ）の俳句生（き）の俳句

明山蒼穹篆刻　二〇一五（平成二十七）年三月二十三日　㈱文伸刊

第九句集　箇中箇

二〇一八（平成三十）年三月十三日　紅書房刊

俳歴

昭和二十九年（一九五四）　二十四歳
九月職域にて獺祭細木芒角星先生の指導を受け、俳句を始む。
昭和三十年（一九五五）　二十五歳
石田波郷先生を知り、先生指導の会「月曜会」に参加。
昭和三十三年（一九五八）　二十七歳
十二月、波郷先生の勧めにより角川源義先生の「河」創刊に参加。
昭和三十四年（一九五九）　二十八歳
七月、武者小路実篤主宰の生成会月刊誌「心」（平凡社刊）編集長木村修吉郎先生の知遇を受く。
昭和三十六年（一九六一）　三十歳
二月、「河」を辞し、練馬区谷原に波郷先生を訪い、改めて「鶴」入会。
昭和三十八年（一九六三）　三十二歳
六月、原田冬水氏（初代保谷市長）を中心とする俳誌「若菜野」のグループに参加。
昭和四十四年（一九六九）　三十八歳

十一月、波郷先生五十六歳で逝く。

昭和四十九年（一九七四）　四十三歳

九月、木村修吉郎先生の紹介で、瀧井孝作先生を八王子のお宅に伺う。後、先生の知遇篤くする。

昭和五十一年（一九七六）　四十五歳

六月、岸田稚魚主宰「琅玕」創刊に外川飼虎氏らと参画。俳人協会々員となる。

十月、「鶴」（主宰石塚友二先生）風切賞応募佳作入選。

昭和五十二年（一九七七）　四十六歳

一月、木村修吉郎先生八十一歳で逝く。八月、第一句集『初心』神無書房刊。

昭和五十三年（一九七八）　四十七歳

三月、鎌倉大船のご自宅に石塚友二先生を訪い、「鶴」退会の挨拶をする。

昭和五十四年（一九七九）　四十八歳

五月、瀧井孝作先生のお伴をして須賀川牡丹園を訪う。

昭和五十五年（一九八〇）　四十九歳

五月、第三回「琅玕賞」受賞。

昭和五十九年（一九八四）　五十三歳

十一月、瀧井孝作先生九十歳にて逝く。十二月、「琅玕」（岸田稚魚主宰）退会。

昭和六十年（一九八五）　五十四歳
十月、中沢三朗らの発起で「杏牛の会」結成。彼らと「連雀」の会創立。月刊「連雀」創刊。十一月、瀧井孝作先生一周忌法会に阿川弘之先生の知遇を受く。
平成四年（一九九二）　六十一歳
四月、日興証券委嘱「俳句入門講座」六回の講師を勤む。十月、小金井市公民館主催講座講師、平成五年、六年と三年間勤む。
平成五年（一九九三）　六十二歳
五月、誌名「連雀」を「安良多麻」に改題。
平成九年（一九九七）　六十六歳
七月、大腸ガン手術を受く。
平成十三年（二〇〇一）　七十歳
二月、秦恒平先生の推挙を受け、日本ペンクラブ会員となる。
平成二十六年（二〇一四）　八十三歳
九月、前縦膈腫瘍の手術を受く。後、要観察。体力に自信喪失し、十月「安良多麻」休刊。通巻三百四十二号を以て閉刊。今日に至る。

現住所　〒一八四―〇〇〇三　小金井市緑町二―一四―二二
電　話　〇四二（三八一）一五〇一

句集　箇中箇　奥附

著者　奥田杏牛＊発行日　平成三十年三月十三日　第一刷
発行者　菊池洋子＊印刷所　明和印刷／ウエダ印刷＊製本所
新里製本＊製函　岡山紙器＊発行所　〒170・0013　東京都豊島区
東池袋五—五二—四—三〇三　紅（べに）書房
落丁・乱丁本はお取換します
info@beni-shobo.com　http://beni-shobo.com
電話　〇三（三九八三）三八四八
FAX　〇三（三九八三）五〇〇四
振替　〇〇一二〇-三-三五九八五

ISBN978-4-89381-326-8
Printed in Japan, 2018